句集　半寿

栗田やすし

Kurita Yasushi

角川書店

句集　半寿＊目次

装丁　吉原敏文
装画　川端龍子「草の実」（部分）
（大田区立龍子記念館蔵）

句集
半《はん》寿《じゅ》

Ⅰ　平成二十年～二十二年

七十九句

平成二十年

師は遠し赤富士妻と仰ぎ見る

鶺河原の石の白さも秋めきぬ

咲きゐるや遥か母郷の彼岸花

妻留守の灯を点しゐる無月かな

隠岐　四句

放牧の牛艶やかや隠岐の秋

手柄杓で遠流の島の清水飲む

牛突きの幟はためく豊の秋

海ホタル青く光れり秋の潮

父母の亡きふるさとの山眠りをり

平成二十一年

マスクして見らるる手相初大師

峡晴れて楮選る水かがやけり

野猿来る漉小屋裏の崖伝ひ

長良川河畔　山下鵜匠邸

雪虫がまつはる誓子多佳子句碑

ふるさとに旅人めきし冬帽子

鏡島弘法　二句

境内に鵜平の句碑や寒明忌

父眠る軍人墓地や笹子鳴く

知覧

引き揚げしゼロ戦の胴冴返る

白椿母に会はむと墓山へ

覚めてなほ母の声する春の夢

音立てて走る春水渡岸寺

春夕べ観音の顔母に似し

落ちてなほ息づくごとし白椿

人力車降りて開きぬ白日傘

土間涼し酒蔵にある竹梯子

卯の花や白川郷へ橋一つ

実桜の黒ずみゐたり瑠璃光寺

松陰神社

神体は赤間硯よ風薫る

仙崎　三句

実梅売るみすゞの町の乾物屋

初夏やみすゞの墓に絵らふそく

花ざくろ鯨祀りし極楽寺

鳥取砂丘　五句

日盛や砂丘の駱駝眼閉づ

古稀過ぎて蟻のごとくに砂丘攀づ

夏燕砂丘かすめて海原へ

風紋に影やはらかし黒揚羽

大西日砂丘に長き己が影

八戸　三句

蕪島の巣立ち待つ海猫姦しき

海鳴りや黄萱群れ咲く葦毛崎

国宝　合掌土偶

妊りの土偶西日に掌を合はす

岩手　田野畑村　二句

紫陽花を供ふ斬首の墓八基

幼子も一揆の墓に草茂る

祝「山繭」創刊三十周年

山繭の秘めし命のうすみどり

祝「雉」創刊二十五周年

雉子鳴いて四半世紀を寿げり

師に〈藝大構内〉と前書して「かりんの実教材につき盗るべからず」の句あれば

藝大の榠樝は如何に欣一忌

小原　和紙の里

咲き満ちて谿へなだるる冬ざくら

莫蓙敷いて鵜籠繕ふ四温かな

平成二十二年

幼子の手に載せてやる雪だるま

竹川君を悼み

教へ子の訃音はらりと冬椿

如月や師の句碑とゐて影二つ

春落葉青年たりし父の墓

八戸　三句

吹雪く夜のいとけなき子のえぶり舞

箱火鉢引き寄せて見るえぶり摺り

雪やんで月が顔出す摺り納め

奥入瀬の地霊目覚めし雪ゑくぼ

雪降り込む鬼神お松の隠れ穴

十和田湖　四句

乙女像まで白鳥の付き来たる

十和田湖の底の石透く深雪晴

雪深き十和田湖畔の屋敷神

十和田湖を去る薄氷に指触れて

酸ヶ湯温泉

雪女郎なりしや湯屋に白きかげ

おぼろなる新宿の空師は遠し

子規庵　二句

春日浴び籠の鶸の鳴くを待つ

永き日の雀来てゐる子規の庭

神代植物公園　二句

武蔵野の土やはらかし牡丹の芽

福寿草かくも群れ咲く苑に来し

江の島

巌頭に磯ひよどりや卯波立つ

松山　六句

銃眼は四角よ伊予の城涼し

十薬の花や鉄鉢句碑の裾

雨を来て愚陀仏庵の蚊に刺さる

草鞋紐結ぶ子規像緑雨打つ

夏めくや子規の作りし阿弥陀くじ

浴衣着て漱石偲ぶ道後の湯

妻の留守昼は冷奴で済ます

皆川盤水氏を悼み

ただならぬ雲の早さよ秋の山

滝沢伊代次氏を悼み

「いよーじ」と大音声や鳥渡る

余生てふ時を夢見て秋刀魚食ぶ

水底に相寄る鴛鴦の影二つ

艶やかやや箱入り娘といふ蜜柑

山裾の小さき教会鶲来る

歳晩や船で届きし古酒の甕

Ⅱ　平成二十三年～二十四年

八十二句

平成二十三年

床の間に泡盛の甕淑気満つ

己が影踏めば音する寒さかな

矢野愛乃さんを見舞ふ

冬うらら山雀嬉々と友の家

枯れきつて影の失せたる烏瓜

父逝きて七十余年おぼろなる

孫小百合

駆け寄つて来し合格の子と握手

遊学の子と分かち食ぶ桜餅

女子寮に太きローソク春の地震

春昼や美校の孔雀翅拡ぐ

はくれんの白極まれば銹び兆す

犬山　二句

綾子句碑落花一片かすめたり

わが句碑の立つ地よ白き蝶よぎる

美濃　谷汲寺

葉桜となりし寺領に茂吉歌碑

祝「耕」創刊二十五周年

ふつくらと咲きし牡丹を愛で合へり

緑雨来て龍岩石の句碑濡らす

御手洗　三句

汐待ちの港自在に夏つばめ

丈六の櫻堂の墓や夏落葉

朝凪や安芸の島かげ幾重にも

日盛の雷門で待ち合はす

阿蘇　四句

火の山の風が涼しき草千里

阿蘇の湯屋白き腹見す守宮の子

炎帝や火口の底のエメラルド

夏の雲大観峰に虚子の句碑

揚羽来る漱石邸の馬丁小屋

赤のまま小瓶に差して誕生日

くつきりと伊吹山見ゆ稲の花

木曾川のゆるき流れや流灯会

流灯の列先頭は父ならむ

流灯の消えし岸辺に立ち尽くす

今もなほ師の手の温み綾子の忌

秋日落つ玄界灘を一望に

金印の島の真上を鷹渡る

夕日眩し都府楼跡に小粒柿

目つむりて母を想へば鵙猛る

富士見しと日記に書けり欣一忌

ゆるやかに影より落つる朴落葉

父の墓訪へば二度立つ冬の虹

年送る龍岩石に神酒そそぎ

平成二十四年

老いてなほ果てなき夢や屠蘇祝ふ

ロボットが妻に替はりて掃始

旅立ちの妻を見送る懐手

朝日カルチャー俳句教室

最終講終へて真紅の薔薇もらふ

振り向けば一筋の道寒明忌

赤すぎるバラ東北の震災忌

句碑の辺の梅一輪のうすみどり

妻白内障手術

春の日を片目の妻が眩しめり

脱稿や庭に真紅の木瓜の花

万華鏡春の光をばらばらに

糸遊に囲まれて吾も陽炎へる

岐阜新聞社

整理記者たりし月日や地虫出づ

ふる里や老いたる猫と春炬燵

沢木欣一師を偲び

ウィスキーは湯割りが良しと春炬燵

吉野川

いつせいに晴れ着の少女雛流す

義仲寺

梅雨寒やかくもかぼそき翁杖

老鶯や木の間隠れに近江富士

投函し茅花流しの道帰る

チェコ　五句

壁青きカフカの家や夏つばめ

ウィンドーにチャップリン像街薄暑

国境の大草原に芥子の花

鈴懸の緑蔭にゐてカヌー見る

夜の雷ドナウ河畔の城照らす

丹波路は綾子師の郷合歓の花

橋立はみどりの帯よ明易し

青葉潮さし入る伊根の舟屋口

梅雨湿る舟屋の壁に鍬と鋤

大西日鯨さばきし海染むる

飛魚《あご》の翅皿に透きをり昼の酒

彦根城　二句

扇風機唸る天守の二層の間

秋日濃し直弼像に眉間皺

被爆樹の繁りて深き木下闇

白きもの瀬を流れゆく広島忌

細見綾子先生

むかご飯炭火熾して炊きくれし

蛇笏忌の過ぎてにはかに火の恋し

能管の闇を切り裂く無月かな

下野や防人の道木の実降る

眉《まゆ》唾《つば》の式部の墓や木の実降る

欣一忌二日過ぎたる那須泊り

秋の蝶賽の河原にさまよへる

遊行柳仰げば白き秋の雲

紅葉晴殺生石に近寄れず

茶の花の零れてゐたり雲巌寺

悼中村憲雄君

赤々と琵琶湖の夕日ただ寒し

Ⅲ　平成二十五年〜二十六年

六十一句

平成二十五年

碧の軸書斎に掛けて年迎ふ

母生きてあらば白寿よ寒椿

白山長滝神社　三句

花《はな》奪《ば》ひやどつと崩るる人やぐら

雪中に花《はな》奪《うば》はんともみ合へり

デスマスクめくや深雪に顔押し当て

まんさくの花苗古稀の妻に植う

喜寿はもう他人事ならず木瓜咲けり

太田宿　脇本陣林家

もてなしの蕪村の軸や夏座敷

能登　六句

風涼しランプの宿の能登瓦

弁慶の錆びし小太刀や青葉冷

刈り伏せし蓬匂へり平家墓所

佐渡はるか禄剛崎の夏あざみ

曾々木海岸

師の句碑の背に青々と夏の海

能登涼し揚羽の紋の陣羽織

山形　二句

さくらんぼ食べて祝へり妻の古稀

茂吉生家訪へば舞ひ来る黒揚羽

炎熱や被爆時計の針歪む

妻と来て赤き鶴折る広島忌

郡上八幡　三句

暗がりに藍甕眠る土間涼し

腕組んでつひに踊りの輪に入らず

路地裏に能面打ちや桔梗咲く

丹波行　四句

師の庭に繁りてゐたり実南天

綾子生家柱に凭れば秋の風

茎赤き綾子の里の曼珠沙華

名月を仰ぎ鈴鹿の関越ゆる

義母

白菊や母は天寿を全うし

長き夜の通夜の灯りを妻と守る

満州はわが生れし地よ鳥帰る

英辞書に母の署名や漱石忌

回想

遠雪嶺母と渡りし手漕ぎ舟

笹鳴きを聴きしと妻のささやける

音もなく庭の欅の散り尽くす

数へ日や付箋の多き初校ゲラ

平成二十六年

シーサーに餅花の影揺らぎをり

大橋幹教氏を悼み

佳き人の死は忽然と冬椿

寒々と玉音聞けり愛宕山

山下鵜匠宅の庭

風花や羽震はせて老い鵜死す

悠然と雲流れゆく虚子忌かな

妻に買ふ紅き絞りの春ショール

山の辺の道しんかんと竹落葉

飛鳥路や藁敷きつめし茄子畑

三方は新緑の山石舞台

孫栞帆《しほ》

白百合の群れ咲く朝次女生る

母恋へば軒の風鈴一つ鳴る

祝「薫風」創刊三十周年

八戸の白灯台や風薫る

夏雲のゆるき流れや立石寺

山水の走る宿場や青胡桃

無言館出て尺蠖をはげませり

横森今日子さんを悼み

山と句を友とし逝けり桐の花

岐阜提灯ともして母の忌を修す

緑さす若き少尉の父の墓

長良橋より梅雨晴の遠伊吹

庭に干す鵜臭まみれの籠七つ

芋《う》坪《へい》舎《しゃ》に碧の墨書や今年竹

芋坪舎＝塩谷鵜平の号に依る

沢木・細見両師の全句集成る

月照らす机上に白き全句集

身に入むや子規も聴きたる時の鐘

碧も来し昇仙峡や紅葉晴

膝に落つ生糸の艶の木の葉髪

師走富士裾まで見えて師は遠し

足萎えの母今は亡し虎落笛

夕映えに絹の艶めく冬の滝

Ⅳ　平成二十七年～二十八年

六十二句

平成二十七年

武山愛子さんを悼み

友逝きし日や山茶花の散りやまず

祝「三河」一〇〇〇号

信篤き三河国人梅真白

まつ先に仔馬とびだす牧開き

うららかや貂が貌出す舟着場
妻と乗るお紅の渡し花の昼
汚れなき空の青さよ梅は実に

麦の穂のむらさき風に流るるよ

藤川宿　二句

本陣の石垣錆びし麦の秋

鎌倉　二句

千筋なす雨だれ涼し円覚寺

漱石の座禅の寺や半夏雨

松山　四句

開け放つ一草庵に秋蚊来る

秋日もる少年子規の三畳間

子規堂の裏青柿の十個ほど

秋日濃し鉄錆色の碧の墓

流れゆくもの美しき綾子の忌

漆黒の松江の天守秋気澄む

舟にゐて八雲偲べばあきつ来る

新涼や風土記の里の割子蕎麦

宍道湖

朝霧や影絵めきたる蜆舟

見はるかす秋吉台の花すすき

カルストの石の白さよ秋ざくら

泰然と色変へぬ松欣一忌

京都御苑

沖縄びと銀杏落葉をよろこべり

立命館キャンパス跡

師を恋へば寺町通りしぐれけり

建仁寺

しぐるるや古寺の襖に双龍図

伊根　三句

錦織る機音冴ゆる伊根の路地

船蔵の壁に影濃き実南天

朝焚火して待ちゐたり漁舟

庭師来て師走の庭を明るうす

平成二十八年

ふるさとの山をこころに去年今年

「伊吹嶺」発行所

門柱のシーサーに舞ふ初の雪

本棚に「蕪村講義」や鳴雪忌

漁船待つ浜の糶場の春火鉢

犬死して首輪残れり春の宵

子は遠し飾兜を床に据ゑ

ひつそりと化石生家や鳥雲に

点字付す望郷句碑や河鹿鳴く

風光る化石少年見し山河

豊橋　牛川の渡し

たんぽぽや母も通ひし渡し舟

丹波

師の生家真実白き庭つつじ

加藤憲曠氏を悼み

雪の夜のせんべい汁の熱かりし

初夏の田水かがよふ散居村

鈴木みや子さんを偲び

単衣着て紫煙艶めく人たりし

父の墓訪へば四方より稲びかり

うつすらと秋の虹立つ遠伊吹

綾子忌やあかね色なす三島富士

悼中村修一郎氏

昼ちちろ卒寿の友の柩閉づ

軍服の騎乗の父や敗戦忌

睡蓮の鉢のさざなみ月今宵

花野来て海の青さの小石買ふ

ラ・フランス机上に一つ欣一忌

北上のゆるき流れや紅葉晴

関ケ原　四句

伊吹山よく見ゆる日よ穂絮飛ぶ

赤子負ふ女花野を抜け来たり

首塚を囲ふ鉄鎖に女郎蜘蛛

赤とんぼ妻の差し出す手に止まる

瓢湖　六句

手に残る大白鳥の句碑の冷

日が落ちて白鳥瓢湖埋め尽くす
傷つきし夜の白鳥は声立てず
皓々と瓢湖照らせり冬の月

朝日浴ぶ白鳥の群くれなゐに

師は遠し白鳥句碑に霜の花

V

平成二十九年〜三十年

五十六句

平成二十九年

太筆に墨たつぷりと寒明忌

搗き終へし杵にほのかや蓬の香

白子

沖はるか白帆かがやく誓子の忌

伊奈波神社境内に句碑建つ　三句

咲き初めし宮の桜や句碑開き

春風は神の息吹よ句碑除幕

春時雨輝《き》緑《りよく》岩《がん》てふ句碑濡らす

藤前干潟　三句

大干潟おびただしきは蟹の穴

音もなく干潟に潮の満ち始む

父の忌の霞む海原見てあかず

梅は実に籠大仏はほほゑめる

母の日の妻へ一輪庭の薔薇

ふるさとの川面かすめて秋燕

湖北　三句

霧わきてたちまち隠る竹生島

鉦の音を頼りに来たり地蔵盆

湖晴れて小蜂飛び交ふ四足門

石川紀子さんを悼み

花ゆうな海を隔てて訃音受く

花ゆうな＝オオハマボウのこと。一日花で黄色から次第に橙色に変わる

深谷の底に噴湯やうす紅葉

師の句碑としばし語らふ紅葉晴

総立ちの鶏頭燃ゆる子規の庭

抱瓶《だちびん》に秋草を活け忻一忌

子規庵

糸瓜棚越しに根岸の空仰ぐ

雑炊に玉子落とせり妻の留守

ふるさとのわが句碑訪へば笹子鳴く

母の亡き離れ二間の白障子

金華山

ぽつねんと山頂に城年の暮

平成三十年

二十歳《はたとせ》の「伊吹嶺」を祝ぎ初日出づ

海越えて来し幼子の御慶かな

幼子を膝に初湯をあふれしむ

何もなき一日授かり日向ぼこ

初買は伊豆修善寺の夫婦椀

湯島天神　二句

お神籤を見せ合ふ少女梅三分

寒晴や苔に影濃き鏡花の碑

静岡　水見色

松過ぎの春雷句碑に沢の音

曾孫恵斗　二句

如月の全き富士や赤子見に

うす目あけ眠る赤子や梅の花

天草　六句

余寒なほ天草一揆結集地

椿落つ藪に受難の十字墓

普賢岳はるか海豚の海青し

触れてみるルルドの泉あたたかし

春寒し隠れ部屋への吊梯子

魳《かます》干す崎津の路地や浅き春

風木舎に通ひしことも春の夢

生乾く桜えび陽に透きとほる

桜えび干すを鴉が遠巻きに

子規の句碑興津の燕かすめたり

山積みの古書如何にせん木瓜の花

俳句文学館

螺旋階段書庫に降りれば涼しき灯

五月富士裾まで晴れて師は遠し

短冊に夢の一字や星祭

反故を焚く煙ひと筋綾子の忌

師を忍び買ふ焼栗の一袋

積み上げし古書の匂ひや獺祭忌

つつ抜けのふるさとの空雁渡る

筆立に妻の摘み来し猫じやらし

台風裡書斎に籠もり何もせず
厨の灯消せばにはかにつづれさせ

Ⅵ　沖縄

百六十句

新年

波上宮《なみのうへぐう》

莫蓙敷いて女二人の初御願《はつうがん》

シュガーローフ

首里はるか激戦の地に仏の座

シュガーローフ＝安里52高地

春

春の星仰ぐ珊瑚の浜に出て

走水《はいんじゅ》に米粒ほどの蝌蚪群るる

受水《うきんじゅ》走水＝沖縄稲作発祥伝説の地

花過ぎし今帰仁《なきじん》城の磴登る

葉桜の影ゆらぎをり琉歌の碑

辺戸《へど》岬　二句

みやらびの句碑をなぞれば春の雷

辺戸岬＝本島最北端の岬

狼煙台てふ岩鼻に花《はな》苦《にが》菜《な》

伊《い》是《ぜ》名《な》島　五句

岸離る白きフェリーやうりずん南風《べー》

うりずん南風＝陰暦二、三月の時候の南風
伊是名島＝琉球王統発祥の地

濁りなき離島の空や初つばめ

パパヤ咲く島にひとりの宣教師

パパヤ（パパイヤ）＝白色の小花

鷹鳩と化して離島に王の墓

揚羽来る尚《しやう》円《ゑん》王《わう》の玉《たま》御《う》殿《どうん》

尚円王＝琉球王国、第二尚氏王統の初代国王

南風原町《はえばる》　琉球かすりの里

素《そ》心《しん》花《くわ》の紅濃き里や絣織る

素心花＝羊蹄木の花の別名、紫・紅・白色など

玻名城《はなしろ》海岸　四句

青干瀬《びせ》や沖の白波立ち上がり

そそり立つ巨岩の裾の磯遊

潮引いて熱帯魚透く潮だまり

岩陰に小さき拝所《うがんじゅ》苦菜咲く

那覇　海鳴りの像

命絶えし子を抱く像や花海桐《はなとべら》

海鳴りの像＝戦時遭難船慰霊碑のこと

女の川《いなぐんかー》男の川《いきがんかー》に蝌蚪の群

井戸神の苔むす祠雪加鳴く

辻村跡《ちーじむら》

花すみれ石の祠にじゆりの墓

摩文仁の丘　沖縄県平和祈念資料館

春愁やガラスケースに手榴弾

浜比嘉島《はまひがじま》

洞穴は神代の闇よ島の春

大獅子に古りし弾痕梯梧《でいご》散る

大獅子＝沖縄県下で最大・最古の獅子

首里城を仰ぐ新居や島ざくら

孫夏帆

春の城姉となる子と手をつなぎ

春月や原人化石出でし崖

おぼろ夜や仄かに匂ふ月桃茶

火《ひ》の神《ぬかん》の煤けし香炉四温晴

咲き競ふイッペーの花栞とす

イッペーの花＝ノウゼンカズラ科、花はラッパ形で黄や紅紫色

大皿に豚足おでん春の月

玉《たま》陵《うどうん》珊瑚の砂に春日濃し

嘉数高台《かかずかうだい》　二句

激戦の丘にトーチカ花の冷え

嘉数高台＝沖縄戦最大の激戦地。展望台から普天間基地を望む

トーチカに弾痕あまた梯梧炎ゆ

夏

梅雨の傘たたみ紅《びん》型《がた》屋《や》を覗く

三《さん》線《しん》の音色涼しき首里の茶屋

「ふう」といふ友の酒場に古酒《くーす》甕《がみ》

琉球かすりの里

初夏や湯《ゆ》熨《の》斗《し》の絣透かし干す

与那原　聖クララ修道院

シスターが手に摘みくれしレンブの実

レンブの実＝熱帯原産で、フトモモ科の熱帯果樹の実、味は林檎のよう

若《わか》夏《なつ》の風や仔牛のよろけ立つ

辺野古　四句

峰雲や辺野古の青き海光る

浪の間に赤きフェンスや雲の峰
基地となる浜の寄居虫《やどかり》手に這はす
反対小屋鳳《ほう》凰《わう》木《ぼく》の花の蔭

夾竹桃茂りて米軍基地隠す

久米島　五句

風涼し島の旧家の槙柱
旧家＝上江洲《うえず》家

甘蔗《きび》畑に痛恨の碑や旱梅雨
敗戦直後、スパイ容疑で日本軍が島民を虐殺

淡々と虐殺語り蚊を打てり

穂孕みの島の棚田や海光る

花月桃廃れ豚舎に馬の鞍

山頂にレーダーの基地花蘇鉄

喜屋武《きやん》岬に寄せ来る波や夏つばめ

喜屋武岬＝本島最南端の岬

さわさわと風に青甘蔗嘆き合ふ

那覇港

爬龍船《ハーリー》競漕の少年力尽きて伏す
海光やこぼれて白き花月桃
福木咲く島のそば屋の赤瓦

声細き御願《うがん》の祝女《のろ》や夏落葉

海桐咲く岬に小さき龍神碑

やんばるの神の滝見に崖伝ひ

天を突く蘇鉄の雄花辺戸岬

苦瓜の棚より透けて海見ゆる

按司墓へ小暗き磴や花臭木

摩文仁の丘

断崖へ来て海へ投ぐ仏《ぶつ》桑《さう》花《げ》

守宮鳴く壺屋の丘に廃れ窯

識名園　二句

桔梗や風吹き抜けの一番座

馬小屋も赤き瓦よ福木の実

大宜味村《おほぎみそん》　二句

染め上げし芭蕉糸干す機織女

芭蕉布の里で拾へり福木の実

糸数壕（アブチラガマ）　四句

蜥蜴這ふ砲火に焦げし洞窟《がま》の口

骨いまだ残るてふ洞窟滴れり

滴れる洞窟の凹みは隔離の場

日比野勝廣翁

語り部となりし老爺に蟬時雨

島晴れて極楽鳥花咲き競ふ

孫生まる

伊《い》集《じゅ》咲くや赤ん坊の名は竜乃介

祭神三万五千柱

魂魄の塔を仰げば揚羽来る

旧海軍司令部壕　三句

黴臭き幕僚室に自爆痕

司令部壕＝大田実少将らの自決した所

滴りは死霊の呻き壕の底

海軍壕出て潮風に氷菓舐む

咲き出でて焔の色の花芭蕉

伊計島　仲原遺跡　五句

復帰の日島への長き橋渡る

復帰の日＝五月十五日。アメリカから日本への返還の日

南国の空の青さよ花梯梧

縄文の遺跡に茅花流しかな

花月桃縄文人の眠る島

竪穴の闇深きより青とかげ

琉球王朝時代の豪農家

福木の実ひんぷん高き中村家

ひんぷん＝屋敷の正面にある目隠しの珊瑚塀

鼻歌でゴーヤ売る婆野菜市

摩文仁の丘

一匹の蟻地を這へり沖縄忌

平和祈念公園

慰霊の日礎《いしじ》にすがり婆泣ける

慰霊の日＝六月二十三日

久高島

花ゆうな錆びて転がる祝女《のろ》の島

石川闘牛場　十句

研ぎ上げし闘牛の角朝暑し

闘牛のまなこ涼しくすれ違ふ

暑き日の闘牛場に浄め塩

灼けし土蹴上げて牛の身構ふる

闘牛のぶつかる音や炎暑なる

炎天にがつと組みたる牛の角

灼くる地を響かせて牛闘へる
牛呻く涎を灼くる地に垂らし
炎ゆる地に負け牛どつと崩れたる

負け牛の目の血走れる炎暑かな

黒揚羽ゆるき起伏に弾薬庫

かむなびの島の真水に水着の子

かむなびの島＝神の鎮座する島

座間味島　十八句

夏の航戦《いくさ》知らざる妻との旅

透きとほる珊瑚の海や雲の峰

米軍の上陸の浜阿檀落つ

砂浜へバイクで来たり水着の娘

道問へば顔上ぐ島の草刈女

プレハブの島の酒場に扇風機

甘蔗畑に隣りて小さき南瓜畑
ランタナや猫が寄りくる島の路地
灼けてゐし自決壕への石標

仏桑花咲きつぐ集団自決の地

自決せし母子思へば蟬鳴けり

白虎隊の玉砕の地や蟬時雨

巣を揺らす鬼蜘蛛に妻たぢろげり

黒揚羽平和の塔の上に舞ふ

空蟬のすがりてゐたり刻銘碑

浅《あさ》黄《ぎ》斑《まだら》島の岬の日溜りに
赤《あか》翡《しょう》翠《びん》光り残して翔び立てり
島さらば白鷺二羽に見送られ

秋

鵯さわぐ壕への坂に不食芋《くはずいも》

南風原陸軍病院壕跡　二句

冷まじや地下壕に木の手術台

底冷ゆる砲火に焦げし壕の壁

屋根獅子《シーサー》に夕日あまねき秋暑かな

鷹の尿亀甲墓の屋根濡らす

鷹の尿＝鷹が渡る頃（九月の末から十月にかけて）降る小雨

絣織る音のこぼるる萩の路地

秋日さし厨子甕《じーしーがみ》の艶めける

厨子甕＝沖縄の骨壺

咲き満ちて南米桜くれなゐに

南米桜＝南米原産、ピンクの五弁の花が木全体を覆い咲く

守礼門くぐれば赤き実月桃

月照らす首里王城に楽流れ

与勝半島　勝連城跡

海見ゆる一の曲輪や蘇鉄の実

茅《かや》打《うち》断《ばん》崖《た》磯鵯が低く飛ぶ

茅打断崖＝国頭《くにがみ》村宜名真《ぎなま》の漁港を見下ろす断崖絶壁

芭蕉布やカンカンと鳴く秋の蟬

はぐれ鷹舞ふ鈍色の辺戸の空

冬

坂多き壺屋の露地や石蕗の花

赤瓦濡らして過ぎし甘蔗しぐれ

拝所に石の龍神島小春

花甘蔗のうねりて青き海はるか

ポインセチア炎ゆる初冬の壺屋路地

みどり濃きたこの木の実や冬初め

赤土《あかんちゃ》に幾万の霊甘蔗の花

みはるかす白き炎の甘蔗の花

闘牛場跡や跳び交ふ冬バッタ

海はるか今刈り伏せし甘蔗匂ふ

冬海を背に唐人の墓眠る

御《み》穂《ふー》田《だ》に植ゑしばかりの苗そよぐ

風に揺れにんにくかづら咲き競ふ

にんにくかづら＝ノウゼンカズラ科の常緑蔓性植物。花は赤紫色から薄紫に変っていく

拝所に王の家紋や冬薔薇

越冬の蝶の乱舞や御獄《うたき》口

御獄＝祖霊神に豊穣や子孫繁栄を祈る聖地

ももたまな熟れて転がる御獄径

ももたまな＝実は胡桃に似る

しろがねの甘蔗の穂波や冬の月

ブーゲンビリアゆるゆる過ぎしモノレール

南風原文化センター

白々と冷たき陶の手榴弾

黙認といふ基地内の冬菜畠

仲泊《なかどまり》遺跡

岩蔭は風葬の地よ冬鴉

弾薬庫秘す山並や冬の月

波の間に久《く》高《だか》島《じま》見ゆ十二月

チビチリガマ　三句

蜜柑一顆供へてありし洞窟の口

チビチリガマ＝集団自決のあった壕。半数は子供であった

甘蔗時雨入るを許さぬ自決壕

闇深き洞窟を墓とし年送る

句集　半寿　畢

あとがき

句集『半寿』は『海光』に続く第五句集である。平成二十年より平成三十年に至る十一年間の作品から三百四十句を選び、編年順に並べた。巻末には、平成十年より平成三十年に至る二十一年間に沖縄で詠んだ作品から百六十句を選んで、四季別に収録した。これらは「伊吹嶺」誌その他に発表した千余句の約半数である。

終章の「沖縄」は、沖縄戦を思い戦跡を訪ねて詠んだ句を含んでいることから、はからずも鎮魂の章ともいうべきものになった。

句集名の「半寿」は耳慣れない語であるが、「半」の字を分解すると「八十一」になる。昨年六月十三日に八十一歳になったことから、自祝の意を込めてこの題名を選んだ。

句集をまとめるにあたり、第四句集『海光』の時と同じように畏友・清水夕月氏に選をお願いしたこと、また沖縄言葉の振り仮名等については沖縄のイッペー句会の皆さんの助言を得たことはありがたいことであった。
出版に際しては、KADOKAWAの石井隆司氏の細部にわたってのご助言と、ご高配に感謝し、編集をご担当いただいた角川文化振興財団『俳句』編集部の皆さまに御礼申します。

平成三十一年一月吉日

伊吹山房にて
栗田やすし

著者略歴

栗田やすし（くりた・やすし）本名、靖（きよし）

昭和十二年、旧満州国ハイラル生まれ。昭和四十一年に沢木欣一主宰「風」に入会、細見綾子の薫陶をうける。昭和四十五年「風」同人。平成十年「伊吹嶺」を創刊・主宰。平成三十年に主宰を譲り顧問となる。

句集に『伊吹嶺』『遠方』『霜華』『海光』（第四十九回俳人協会賞受賞）など。著書に『子規と碧梧桐』『山口誓子』『現代俳句考』など。編著に『碧梧桐俳句集』（岩波文庫）『河東碧梧桐の基礎的研究』（第十五回俳人協会評論賞受賞）など。

現在、公益社団法人俳人協会副会長、日本文藝家協会会員、国際俳句交流協会評議員、日本現代詩歌文学館評議員、中日新聞俳壇選者など。

現住所　〒四五八―〇〇二一　愛知県名古屋市緑区滝ノ水三の一九〇五の二

句集　半寿《はんじゅ》

初版発行　2019年4月25日

著　者　栗田やすし
発行者　宍戸健司
発　行　公益財団法人 角川文化振興財団
〒102-0071 東京都千代田区富士見1-12-15
電話 03-5215-7819
http://www.kadokawa-zaidan.or.jp/
発　売　株式会社 KADOKAWA
〒102-8177 東京都千代田区富士見2-13-3
電話 0570-002-301（カスタマーサポート・ナビダイヤル）
受付時間　11時〜13時 / 14時〜17時（土日祝日を除く）
https://www.kadokawa.co.jp/
印刷製本　中央精版印刷株式会社

 ISBN978-4-04-884257-0 C0092